U0789168

金華珍稀古籍選刊

黄靈庚 陶誠華 主編

蘿山集

（明）宋濂 撰

明祖桂鈔本

國家圖書館出版社

圖書在版編目(CIP)數據

靈山集：一函二册 / (明) 宋濂撰. — 北京：國家圖書館出版社，2019.12
(金華珍稀古籍選刊)
ISBN 978-7-5013-6821-1

Ⅰ. ①靈… Ⅱ. ①宋… Ⅲ. ①古典詩歌—詩集—中國—明代 Ⅳ. ①I222.748

中國版本圖書館CIP數據核字(2019)第163910號

國家圖書館出版社
官方微信

書名	靈山集（一函二册）
著者	(明) 宋濂 撰
責任編輯	張愛芳 靳諾
出版發行	國家圖書館出版社（北京市西城區文津街7號 100034） (原書目文獻出版社 北京圖書館出版社) 010-66114536 63802249 nlcpress@nlc.cn (郵購)
網址	http://www.nlcpress.com
印裝	江蘇省常州市金壇古籍印刷廠有限公司
版次印次	2019年12月第1版 2019年12月第1次印刷
開本	1/8
印張	14
書號	ISBN 978-7-5013-6821-1
定價	800.00圓

圖書在版編目（CIP）數據

蘿山集：一函二册 /（明）宋濂撰. — 北京 ：國家圖書館出版社，2019. 12
（金華珍稀古籍選刊）
ISBN 978-7-5013-6821-1

Ⅰ. ①蘿… Ⅱ. ①宋… Ⅲ. ①古典詩歌—詩集—中國—明代 Ⅳ. ①I222. 748

中國版本圖書館CIP數據核字（2019）第163940號

書　　名	蘿山集（一函二册）
著　　者	（明）宋濂　撰
責任編輯	張愛芳　靳　諾
出版發行	國家圖書館出版社（北京市西城區文津街 7 號 100034） （原書目文獻出版社　北京圖書館出版社） 010-66114536　63802249　nlcpress@nlc.cn（郵購）
網　　址	http://www.nlcpress.com
印　　裝	江蘇省常州市金壇古籍印刷廠有限公司
版次印次	2019 年 12 月第 1 版　2019 年 12 月第 1 次印刷
開　　本	1/8
印　　張	14
書　　號	ISBN 978-7-5013-6821-1
定　　價	800. 00圓

金華珍稀古籍選刊

金華珍稀古籍選刊

編輯委員會名單

《蘿山集》説明

黄靈庚

明宋濂撰。濂字景濂，金華潛溪人，遷居浦江。始師吴萊，繼游柳貫、黄溍之門。元至正中，薦授翰林編修，不赴，著書龍門山。朱元璋下婺州，徵召金陵，除江南等處儒學提舉，命授皇太子經，尋改起居注。明洪武二年（一三六九），任《元史》總裁，除翰林學士，遷國子司業。纍遷侍講學士。洪武九年，擢學士承旨，明年致仕。十三年，以長孫慎牽入胡惟庸案，獲罪安置茂州。明年五月，卒於道。正德中，謚文憲。濂爲明開國文臣之首，《明史》有傳。著有《潛溪前集》《潛溪後集》《蘿山集》《宋學士文粹》《宋學士續文粹》等集，孫鏘編爲《宋文憲公全集》八十三卷。《蘿山集》凡五卷，收詩四百餘首，其中三百餘首爲《全集》所未見。

明鄭楷《學士承旨潛溪宋公行狀》稱是集五卷已傳，胡應麟《詩藪外編》卷六云：『宋承旨詩五卷，世不甚傳。萬曆初，喻邦相宰吾邑，雅意文獻，得刻本，捐俸梓之。』《蘿山集》刊本，今未見。存日本寫本二種：一本鈐『瑞巗圓光禪寺藏書』『帝國圖書館藏』印，前有鄭濤至正十三年（一三五三）《宋太史詩集》并目録，書末署：『元禄第十丁丑夏四月，借齊雲棟公之書謄寫焉。祖桂識。』元禄，東山天皇（一六八八—一七〇九年在位）年號，當於清

風安優柔善緩，分配六義之旨，以證其性情之真；而後沿體變化，潛泳漢魏諸什，以察其變；參摩六朝，而歸諸唐，這本

識過人矣。詩若曰："追蹤古作，而未能窺其藩籬，況闖奧乎？"顧曰先生，鶴衣，謂何謂也？"吳公曰："一學者當本窺三百篇，

涵詠於漢魏…吳公萊以能詩聞。…先生年二十時，受業其門，為詩往見之。吳公讀已，謂先生曰："之可以歌詠世耶？"則諸詩

輒擇溫雅其後之風，翻而學之。見者指為神童。…已而出西學白衍志氣，日月英發，頗自意，前無古人，而後絕來者矣。嘗是時，

詩頹，不可救藥，況以興乎古之雅矣？二而先生聞之，則自以為是也。久之，先生在華盖時，則善於聲律，彼其所所獻詠，

變雜之餘，而揭文安公謂之辭曰："非學力實豐瞻林，隨物變遷，雖窮高不滿，至其文妙自得，則之非兼，二者之非有，二益職

謂謙作《序》四卷，已曰"太史先生詩若干卷，豐簡要雅麗，各因體成辭，詩調詞氣，精深老健，濂嘗傳至京師，翰林諸公莫不

見其集詩作於宋濂大明前，大都學不擬唐諸陽青蘿山之籍，非古風，樂府居多，蓋其所長，得古風詩氣概，具有風骨。'此

收江戶寫本之一首可為校勘。體裁之辨治，氣韻之偉麗，同兼百家，亦國朝詩人之…所無…，成歲曰，若遵至實。

抄本是書無進清諸本，…祖本難以其知。比較二本，…祖本…抄本。此次影印即據祖佳抄本。…《重修全華叢書》

府圖書】及【燕草文庫】，藏日本文學王館】也，【昌平坂學問所】【林原之印】，有鄭濂《序》，為江戶寫本。二本均日僧所

康熙間。齊雲棟公，即日僧齊雲道棟（一六三七—一七二三）。抄者祖佳，生平未詳。二本均『林氏藏書』『日本政

[illegible]

羅山集

乾

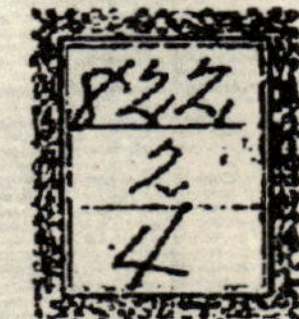

羅山集 乾

宋太史詩集

太史先生詩若干卷簡雅贍麗旨因躰成賦聲調辭
氣精純弗雜濤嘗傳至京師翰林諸公莫不愛誦之
而揭文安公爲之評曰如寶鑑懸秋隨物應象無毫
末不類至其玄妙自得即之非無索之非有瑩徹玲
瓏不可湊泊足以照映古今矣而先生聞之弗自以
爲是也初先生在垂髫時即善吟鄉里先生有所賡
咏輒肆筆継其後風翻雨駛見者指爲神童已而問
學日衍志氣日英發頗自意前無古人後絶來者矣
當是時浦陽深裊吴公萊以能詩聞蓋吴公受詩於
同里仙華山人方公鳳方公與粤謝君翱括吴君思
齊游三君子皆以風雅相高名重一時若鄉先達丹

宋太史詩集

太史先生詩若干卷簡雅鬱麗兼[illegible]四体成賦聲調[illegible]

[illegible]精純而雜濤嘗傳至京師翰林諸公莫不[illegible]絶之

而揚文安公爲之辭曰如寶鑑[illegible]

[illegible]

當是時浦陽[illegible]吳公萊以能詩鳴[illegible]吳公愛[illegible]於

回[illegible]仙[illegible]七入方公鳳方公與[illegible]謝[illegible]吳若思

[illegible]游三古十卷以風雅相高於重一時若[illegible]先[illegible]序

以言詩也已矣先生不覺汗流浹背於是益歎其所
得見雖更加以深詣之功日就月將孜孜弗懈始可
窺其蘊原與奧妙旨權重輕如合諸簡派微指
皆非精纂之論也近觀其擇於音許攻其輯旨
參攷六朝隋唐近世宋季以審其況同詣察之審之
但指之以真而後沉潛其旨深漢魏諸什以察其變
當本於三百篇風雅優柔饜飫分別六義有以徵其
竅其藩籬況閫奧乎先生驚曰何謂也余曰學詩
應世用亦則諸詩澈過入矣若回顧轉古作則本流
十時棄其所為詩往見之矣公讀已詣先生曰子欲
從幼適校傳而其所得於三百子者最深先生年二
錢柳公貢侍講黃公酒咸就學浮梁公古公孫稽也

翰柳公貫侍講黄公溍咸就學焉吴公方公孫壻也從幼隨杖屨而其所得於三君子者最深先生年二十時素其所為詩往見之吴公讀已謂先生曰子欲應世用邪則諸詩誠過人矣若曰追轍古作則未能窺其藩籬况閫奧乎先生驚曰何謂也吴公曰學詩當本於三百篇夙夜優柔饜飫分别六義以識其性情之真而後沉酣楚詞潛泳漢魏諸什以察其變參摩六朝隋唐迄乎宋季以審其别所謂察之審之者非襭襲之謂也必窮其躰裁按其音節攷其辭句觀其氣象原其奥致如權重輕如分清濁然後識精而見確更加以深詣之功日就月將孜孜弗懈始可以言詩也已矣先生不覺汗流浹背於是悉焚其所

為豪一依吴公之命而致力焉及吴公既歿先生復登柳黄二公之門二公之所傳授與吴公不異先生益務刻深為之二十年間隨作隨焚常有歉然不足之色間語濤曰吾於詩極用功而殊不能精譬之陟泰山至中觀自謂已至也而不知天關猶在雲際以此言之其難於學文也何翅十倍哉復出一編相示曰子幸一觀吾又將焚之矣濤因為携去即文安公所評者也自時厥後濤再遊江南求類先生之詩以傳先生曰吾已焚去殆盡子與吾學同師知予用心獨苦願為之序他日所賦或可觀當書之以冠篇首濤惟先生七歲而善屬文二十以文名四方六藝經傳無不精究子史百家山海經志及方外之書無不

窮覽當世之典故先生長者之講說又無不聳之學
信偉矣發之聲詩其有不精者哉緣曰詩有別材非
學所能致而先生襟韻之高曼標格之勝雅又非膠
黏於訓故家可同日語也其詩愈精其言愈謙下者
何哉惟其積功之久故能知之愈至知之愈至故能
識詩為愈難耳古之人所以橫被六合力敵造化者
無他焉其用心亦若斯而已也今之称善吟者家元
白而人曹劉其於學也初奚有三載之功既無深功
必鮮精識所以視之為其易粗成篇牘輒自謂方駕
古人其視先生之詩果為何如也先生宋姓濂名景
濂字也婺之金華潛溪人至正十三年冬十一月前
經筵檢討權參贊官浦陽鄭濤謹序

羅山集目録

第一卷

。憶山中　平生

踏月　褰衣

簡吳山長　先生

有所思　情知

病起酬鄭賢良淵　索居　容顏　逢思

貞松〃

。荅胡將軍　將軍

任運　屋烏

清夜　弱志

憶　憶昔

寄遠曲　淚書　憂心　妾有　關河

遣興　鶉衣

俚詠寄鄭山長叔姪追述嚴陵別意　結髮

家書至　三月

憶在鄉日泛舟瑯琊以縱遊覽雜賦十首今追
記其四　輕舟　別後　幽居　象山

次黃侍講贈陳性初詩韻　憶音

陶冠子折齒行同張衡先生賦　陶冠

川上夜坐　約王子充同作　四山

臨川吳使君大任以所撰近文見寄因為賦此
大任名舉吳文正公之高弟也　自從

送高延東歸延武義人予講經金華時延為生
故勉之以鄉學之懿　武成

出門辭為蘇鵬賦　憶音

命發大士入滇演雪棲師往京酒禪寺　大正

流經大藏經三　雲林

流經廣濟以曾普照王十經　曹洞

[illegible]

若[illegible]十經

流經大藏[illegible]以[illegible]

[illegible]

合經台函安奉藏二十二函

和劉伯温秋懷韻二十二首

我非　行年　昨見　燕瓠　積石　嫩女

仙人　浚川　我夢　鬱　憂來　我把

綺樓　蹯〻　蹩鶉　儀秦　長蹊　鷺鷀

宣尼　百川　東籬　我家

送張文說還澧陽以杜甫詩身退豈待官老來苦便靜為韻爲凡十辭

有形　肥遯　故山　不知　為此　蘭襪

香蛇　㞐我　況是　醉右

送劉贊府之官都昌五十韻　都昌

送劉秀才歸臨川　雲林

和楚才上人韻送雪樓師住永福禪寺　大雄

第二卷

第三卷

飛雨洞　飛泉　葉珠岊　吟上

九月十一日紀夢有述遂及玄學寄閑元章道
士　三素

蘭花篇　陽和

和韻答友人　九五

答戴學正　攢眉　山中　今日　洛陽
盈盈　夢入　世間　華齡　誰家　我坐

寄鄭検討　析木

還潜溪故居　自入

有感　走臣

白鳳山中作　自從

游澤州水西寺蘭栗八宣慰劉七都事章十二

旅中久不見蘭隷人王裳忽買一叢真土鉶中

雖其本沃以耳泉芬烈殊甚因憶在家日尋

蘭悵然懷友三年

賦幻色鳳花々白質紅章亦有全白全緋者

人言　人言

遺所思三首　妾容　下有　欲問

和胡古愚擬宮躰二首　天上　昔日

第五卷

秋夜與子充論文不勝有感退而賦爲一首因

簡子充并寄胡教授仲申　太虛

憶與劉伯溫章三益葉景淵三君子同上江表

五六年間人事離合不齊而景淵已作土中

人矣慨然有賦　我歌

○贈劉俊民先輩　劉君

○題李廣利伐宛圖　貳師

○題段將軍征羌圖　西域

○鑷白髮二首　白髮　昨日

○示呂生　有序　呂生

○古辭四首　步月　登樓　誰家　曉行

過采石因問李白墜處　采石

寄趙徵君　東山

五陵年少曲　五陵

折楊柳　折楊

傷近者不見用、王建題　曽雲

陽翟新聲同未定甫賦　庚午春作

別苑　黃雀　露漬　鎮帷

法壽樂十二首

竺乾　憶音　白象　睿巧　紫禁　寥闃

六載　弘深　慧日　訖身　假器　洪幢

和林廣記所載極西北之國曰押剌吉者土地卑湿迫海日不沒無昏夜日唯向北轉過便曙北之鉄勒煮羊胛熟而天明者又益異矣若月止見於西南隅偏缺常不圓北之尋斯干城朔夕月見固可怪亦未聞其有不圓也儒者欲以一人之耳目而輙論天下事難矣

賦詩　步天。

余病不可風張席以當房闥飲然成咏殆忘其貧　昔聞

送陳彥正教授之官富州　我懷

懷張山長　峨峨

得外弟書後卻寄　別子

憫亡　誰憐　幾夜

送人之官江西　八疆

讀項羽本紀　十四歲作　接下

趙龍溪撤滛祠歌　龍溪

韓教諭見過山中因問孟徵君迹隱何處卻憶王架閣閣閣之死已十年矣　弱冠

自題前後續別四集以識予愧且二章先載載

〻益從余學文者　爲文

羅山集目錄　終

羅山集卷第一

金華宋濂景濂作

雜體五首

丹桃艷陽質移自武陵源柔風拂纖條鮮澤沃靈根
吐葩當春浚結實俟秋蕃盈盈大如斗有色極華丹
衛之不敢褻期以奉君餐君餐發靈和神滋生玉顏
無為升玄化恭默即軒轅

效陸平原

流幻百年中有如水中泡虛形本不實何能永今朝
悟此造化意肆情常逍遙夜來新雨至南園秀芳苗
擷之羞美酒冲懷正陶陶斜川素心人叩門約遊遨
相攜步迴澤神與品物交鶩颿亂陵鐸墜照落巖皋
歸來枕肱卧邂思邈沉寥黃唐不我逮緬尋心煩勞

效陶徵君

谷沸桃崔集颰迴川景嬌菽令愧畜軫宿昔憶聯鑣
陟峻鼻生火酣芳瞼帶潮詩情霞間迴酒纈望中銷
偏憐晴蘿思長霖瘵膏宵文園病渴吻泌生減圍腰
江表周公子華釆雙鳳翱逸興加遄舉相隨攧鞠苗

苦雨

中宇苦沮洳沉逢淫霖時鮮雲數曾陰豊注滃墜坻
壞藩罣汀荇頹墻上水衣拊聆嘆昏墊何能宣幽懷
嚶羽似相娛好音來弱枝聲通繁慮釋神照百歲閒
從令發雅咏晞髮楚山垂

韶光將暮芳事未輕托物念時濡毫成句

入春已三月不見曜陽巵有足限戶闕而能寧物華
芳林勵只尺幰車日來過縞李悉明雪頳桃凝崇霞

蕤閑通闤使暉媚促逢衢要友具嘉游豈乏玉皇騶鉤白出川曲采綠向層阿行樂園云得將軍猶枕戈

得親友書

未到不知憂別後憂始積避心天與永涔（涔：鋤林切，音岑，清也，又涔〻而多皃）淚血同碧縈川廻春朝飛岑秋灣夕停雲咏令姿見月懷妍色夢短苦思延鐙孤憐人寂何意雙鯉魚腹書來愇惻書云為遙念四體成枯瘠越燕入軒兩翔鴻銜星旲出處會有定別離豈遑恤

晩步青溪上

溪色涵音綠溶漾正[illegible]餐十步九還辟清霧襲肺肝渚牙既戢〻岸華亦戔〻絜漚近宜狎貪歡清可挹流念梁陳際甲第繞其堧南灘綺錢結北津銅網繫

話漢與古文二十人正春子民鋒聯論平燕實同良

。話漢高鄉山東政往追本區鏡致別總

一門軒益果一門藏用至來非千演民參看道與說

東家序些門茶書夫軒農曾能空書葉藏嬰亦今說

西蘇芳高蒔夫行術春議焦塗陳圓分醫落雜戰猶

鶴秀皆聲顏章發遊賜容客濟未實與人方自不同

道與

關河參夢踏役見杏雜懸與出文散來相且不古戀

。寄其四

吾古立後舊詩書者：：分倦千斯改一任字：：九回腸

其三

憂心不可見天涯望隔中汀來茫不流其上一番縛

漻〻紈袴子窮冬不知寒嘉寢列衾裯下筆仍上莞
形白錐如瓠外強中則軋凄風指短髮坐使歲月闌
所以雍門周中宵發哀彈
懸鶉據敗竈愢靚庭中樹庭樹不世情屹立終不去
衛颸振弱條寥〻中夜語似云閔王貪猶有蘆花絮
儀秦舌如刀自詭智術明吐氣霧雲蒸鼓袂翔風鶩
一吸與一噓陰陽迭相傾豈無三尺喙瘖默不一鳴
詭遇非至道澹泊乃真情
長嘯日月光三田畜神滋吾形且并忘何處有喜悲
靈根秀瓊萼翠莖被金蕤下視濁世士隨氣生死之
北邙白楊雨化作淚漣洏
鷩鶉不露文遯身長薄中鵰鶚志万里颯爽跨層風

霧 於禽切音陰霧曀陰蔽也

夸 桔瓜切音誇說文奢泰也

嗒 託甲切音榻解體貌廣韻忘懷也

憧 昌中切音充意不定也又行不絕皃

一棲天外霞凡鳥瞻婷容一戀石上苔啄月耳長終
觀物有至性各繫氣所鍾嗒然據槁梧免使心憧憧
宣尼作春秋絕筆於獲麟定為百王法能補造化神
衮斧之所及返澆以為淳世無延陵子何人識歌豳
聖心久不白吾將問穹旻
百川匯為江滔滔向東之歸涂迎日乾天匙造化私
積累有崇庳聽受寧敢辭若教多餘羨苟氏出八慈
天運自有定吾且謹吾詩
東籬黃菊花歲晏明粲粲小山青桂叢露沐光暐暐
終然霜雪姿不比豔陽卉飄零在泥塗悲傷路傍子
我家潛溪曲正面溪上山採桂作闔廬文杏為室關
新栽二尺松長長雜黃菅白鶴寄書來問我何當還

移之万仭岡瘦骨撑展顔

送張文詵還澧陽以杜甫詩身退豈待官老來苦便静爲韻詩凢十解

其一

有形天地間聚散風中塵勲名東流水哀樂百年身

其二

肥遯寶幽吾知足有明戒不逐青鸞翔甘從飛鵠退

其三

拔山有松廬松葉長如毿思招素心人飲酒思樂豈

其四

不知天門山翠色還不改薇深鹿能眠雲荒鶴誰待

其五

為此動逢念掛冠泝空寒、但得飽烟霞奚翅食太官

其六

蘭檝發長江長江流浩浩岸移境為遷風妬蘋將老

其七

委蛇江漢上山水入君懷髮映水痕白詩隨山影來

其八

愧我勤索居中懷共誰吐遥情入西旌明月照人苦

其九

況是習懶餘手足動若亭句泉味方永枕石情乃便

其十

醉后與君別秪愁醉還醒欲知相憶時螢度秋堂靜

送劉贊府之官都昌五十韻

都昌古鄡陽舊縣為江國右枕落星灣左據彭蠡澤
岩霏朝散頳川景時眩白居然風氣會生聚家如織
名區列象犀高樓發蕭遂酒帘杏花園溪市蘋洲柟
盛極理必衰楚氣怨陵作連雲六千家一枕半天赤
積屍成坡陀凍血凝洛澤洛澤冰也髮髮髑髏語多在風雨久
今春強埋復畫出將軍力廟堂遺良令刻茅辨街陌
生孩四五歲足想王喬舄日出綰銅章瞠目錯本閒
隸卒瘦如竹見人猶辟易伏閒庭除閒夜有黑虎跡
又煩劉贊府共樹懷柔績定知厭篇應豈假龜墨食
贊府實奇丈不用鬚如戟玉立信丈夫見者改顏色
文字五千卷腸胃覺充塞橘餅奪春花豔豔美堤擿
吟酬或揮翰龍蛇出肘腋陰靈助變化淒厲意慘黑

人誇勝璵璠自謂聊戲劇兼攻刑法家儒術共緣飾
應能不負丞奇器肥民瘠墻陰武藝桑中丁啓發禳
勿羨翻經臺學著登山屐可憐康樂公却類彌天釋
勿升元辰山去踏馬蹄石丹竈白艸秋青鳥書難覓
勿樓五柳館鶯見元亮宅仕隱各有心忘世非良則
當如陳大夫樹陂壽民脉令名垂無窮晴波共洋溢
我辭固強聒君子宜慎擇時當九月交涼氣歷離席
黃花如窺人啼蛩似留客新蟹斫金胑甘釀拍瓊液
飲餘志慨慷狂語忘岸幘執手立沙頭殷別猊還戚
顧予誠緣悠煩有昏傳癖造文應時需不異陪僵役
扼吭撐左袪立志在必得每藉翰墨潤槃槃有精魄
西風片帆張遽作千里隔會皇車折輪顛沛會鍛翮

白在不右顧子曲學徒譊〻枯淡奚翅〔趐〕蝸壁粘空餘涎篆汗堂廣鈍句懶向時人拈江風夜戰寒蘆戲客中送客情不收病魔滞枕成無厭羞見春綠合新篇

走筆送金賢良

漂零已覺二毛侵且向西風閑苦吟蠻雨蠻烟十年夢韻貂豹暮一生心星垂鐘阜知天近水入秦淮似海深不見秋帆連夜發典衣呼酒共登臨

過歙見趙徵君子常以畫蘭贈之詩寓意

秋蘭贈美人頸克美人佩紙爲臭味同相期在千載

羅山集卷第二

金華宋濂景濂作

秦宮謠

箏鷹斜行綴春柱丹家學得涼州舞九枝燈死月色青猶記君王夢中語

五坊小兒騎駿馬翠蛾綵女鬪花鷄御路泥深龍輦過小隊黃衣四十人

越女謠

人言越女天下白㔩（㔩遏合切奄入声㔩彩婦人花髻飾杜詩翠爲㔩葉垂鬢脣）葉鬟花遮半額五色流蘇寶帳寒欲試春風若無力有時醉上鸚鵡臺二十三絃彈不得黃頭鮮卑稱丈夫短兵未擐夫似狐越女一出無姑胥

龍陽君行

銭塘曲

赤纛朝奏無人讀蟠火燃春鬬蛾、綠萬騎如龍水上行王醉深宮猶未醒銅仙日泣宮前道不盡長江流浩〻可情三月鯉魚風一夜飛花連白曉

摩多樓子

轅門曉樹天王旗貔貅百萬盡鉄衣紫髯將軍自天下烏騅八尺凌空飛袖中雌雄劍三尺千齡碧血染秋色七星飛動霹靂鳴海若山靈作人泣前年捉得呼韓降今年縛取樓蘭王腰間金印明洸〻

鞦韆辭

二八女郎貌嬋娟杏花陰裏競秋千同心錦帶刺石蓮逢人學繫剪刀錢却妬鴛鴦沙上眠

學仙曲

仙人好乘白鹿轓更剪明霞作飛帶醉來濯髮向銀灣龍劍直倚青天外上清寶書已懶看翠羽飆輪期不來青女夜傳王母信千歲靈桃今始栽 栽平

古別離

昔日與君相別離柔情結在丁香枝丁香枝頭有妾淚羞遣銜花雙燕知不識君去何時歸曾把金環賓君祛但見征鴻仰天望悲有寄來雲外書

少年曲

龜甲屏寒綠華曉象口香消涼夢繞翠衾流聲入歸幃牽醒湘南千里愁怯寒新御青霓裘軍裝武妓為

洗頭醉纈射花紅綢浮春到城東五鳳樓

并州行

并州健兒俠髮翹禿衿小袖持寶刀白晝殺人洛陽道血汗錦花痕未消東西叱咤若迅飆大海捲從泰山椒西東游衆照天赤掃清借尔一臂刀

塞外曲

我有蜀錦文爛斑呵手抃來重百鍰殷勤裁作合歡被悲君塞外多風寒雎鳩戢戢江之干上灘雙飛復下灘頭君折斷弦上矢朝朝拂拭刀頭鐶

春夜辭

女龍滯雲香兩藏輕黃慈柳涼朧朧蠻絲不繫軟風痕白玉鸞釵分兩翅梳花月下采鸞門蕙鑰不眠長

鎖春芳魂行遍秦川道百子堂空無一人更深不耐山鳥哭撫管調絲作新曲天海風濤風濤（此二字疑衍）夜不收龍頭吐漿割春緑上元不寄錦字書守宮誰復問巴西緋階但種相思子盡出青青連理枝

古意

妾心比鉄鉄可折妾心比月月可闕皦然一片大古色萬歳千秋如一日

自從結髪為君婦豈但生前保貞素縱使芳神入九泉化為碧艸生君墓

寄遠曲

泰山有孤雲上下東西飛郎心酷似之朝暮無定期若謂妾心有改移請看庭前荳蔻枝

郎若為河水妾作紅鯉魚郎若為園花妾作黃蜂飛
黃蜂無花不得乳河水一乾紅鯉死

莫彈烏

詩大雅無為夸毗 注屈己卑身而附人也又注夸大毗附也言小人不以大言夸之則以諛言毗之亦作[身夸][身比]

莫彈烏烏性從來直如矢有凶輙告令人避不作紛紜乾鵲兒日走南簷學狐媚翩翩世上夸毗子見烏即嗔聞鵲喜嗟哉自古亦如此飛廉惡來比干死

賽神曲

彤光曉射天門東鴻龍玉狗有路通巫娥傳芭向筵舞華衣鬪春猩血紅神席爛爛玉作瑱帝車殷殷雲為剸彎河秋白政愁人綠毛花使傳遙信來如奔電去飆馳倏陰忽陽不可知羽林星中五千騎手執戟枝騰翠旗西山鬼雄白銀甲㘁呼陽侯海將壓祝神

磔之向九阮鳩眠柳樹看人耕

桃枝曲

手攀桃樹枝中心童悽惻自恨花開遲不恨東風疾
花落不上枝髮白難再黑青春一去水上波明年花
發紅更多但得有花時有酒絲繩玉壺為君壽

飢鷹行

長淮千里無尺瓦白蒿滿地高於馬飢鷹無主走西
東日啖亂屍肥似熊艸窟春深犬生子數百為群來
弭弭逐麞磔鬼到行人白日黯淡愁雲屯舉頭問天
天茫漭君使生靈作枯骨願瀉銀河洗甲兵甲兵用
時日東没

。望仙引

悲

横塘風斷愁紅淺舊燕銜春香滿〻鵲馭遙空不可攀繡屏斜張香夢懶暖簾不到茱萸帳寶露空濤五雲盤風前白鬢幾人愁萬里青蘋一時晚銅僊含淚辭青鎖渺渺空嗟西日短弱川無力不勝航騎龍難到白雲鄉玉棺琢成已三載殯葬神僊歸北邙

相思雜謠

鶖雲逗暖頳玉春皆隨仙子來層城寧作枇花守紅死不逐浮萍到處青

空閨漠〻晝冥〻錦段麒麟織不成背人獨立東風裏偷折春紅點鬢青

三千里外客思家目斷冥鴻到落霞來時曾記官橋路五月南風吐薺花

夢裡時〻歸弊廬青山半是白雲居覺來欲去滄江濶悔不學騎紅尾魚

紫髯公子行

紫髯公子五花驄蛇矛犀甲八札弓黃昏衛入北宮去袞〻流星天上紅十萬雄軍若秋隼千觥行酒須臾盡太白在天今幾高千旄指麾皆韲粉涼州白騎少年兒紫繡麻鞖來似羆鵰翎羽箭始一發射鵰不翅牛尾貍紫髯〻〻勇無比愧殺生鬚諸婦女當年冠劍圖麒麟何曾三日異今人

紅樓引

閑門無語思勞〻懶看楊花飛鶴毛怨入羊車如鷹里可憐着畫漢宮袍

雉蒔鳶旌望不到曉風吹散一城霞愁來學鬬相思
藥買得山中五鳥花

越歌　約揚推官同賦

勸郎莫食鑑湖魚勸郎莫棄别離衣湖中鯉魚好寄
信别時衣有万條絲

戀郎思郎非一朝好似并州花剪刀一股在南一股
北幾時裁得合歡袍

越王臺下是儂家一尺龍梭學織紗願郎莫裁梨好
樹處却房前夜合花

阿儂不如比翼禽阿儂難學線頭針化為五色鴛鴦
筋時銜紅鷰到郎心

不敢勸郎覓頭春恐郎醉後忘儂恩殷勤只酌湖上

水郎若憐儂甜似錫

一日從郎百歲同手持白石擲河中石若轉時儂心轉祝郎好去莫疑儂

自郎一去水上萍東風吹到巴子城郎心縱似黃梅雨五月過時也有情

溪頭送郎上蘭舟獨宿春風燕子樓溪水有時乾到底不如儂淚四時流

阿儂羞殺黃帽郎桂舟蘭檝藻中藏蘆竹生花秋滿地櫂歌終動便尋柳

儂心恨如江水深儂身瘦似蕺山苓郎若不歸儂成腊誰將荇帶結同心

粉痕隨流濕春羅郎似芭蕉儂似荷荷葉團團映蓮

蘂不比芭蕉紋路多

有郎金鳳飾花容無郎秋鬢若飛蓬儂身要作千年
白不必來塗紅守宮

為郎有意辨羅裳繡成花鳥好文章黃昏含愁不敢
剪只愁分開雙鳳凰

秦望山頭松百株若耶溪裡好黃魚黃魚上得青松
樹阿儂始是棄郎時

古從軍行

陰山墨雲黑如鉄一夜北風吹作雪雪花莽莽袤地
來長城萬里不敢閑將軍夜走馬蹄滑但見邊雲黑
邊月白劍懸腰凍將折滿手角弓無地發三軍大呼
灤河頭河水起立不得流不念沙場多白骨只貪功

大覓封侯誰道從軍身寂樂説起從軍淚雙落

秋夜長

秋夜長〻〻〻西風擷〻吹衣裳愁人仰卧明月下
北斗却在天中央四壁無人靜如水何處笛聲嗚咽
嗚
起聲〻盡是故鄉情一聽還教雙淚盈

讀唐玄宗遺事效曹祠部

君心好干戈武夫保邊方君心好禮樂四海如虞唐
君心在嗜欲嗜欲不可長

三會辭

聲音引得入籠罝明月何曾夢到家望斷閨壖歸未
得東風吹老莢枝花
春滿龍沙艸正青荒雲万疊落新聲鬚胡學得新翻

曲彈作琵琶伴玉笙

東海紅雲棕水飛仙山忘却藥苗肥知心幸有梅花樹送得寒香上翠衣

芙蓉篇

芙蓉葉上著霜早芙蓉花開秋已老美人裁就芙蓉衾欲寄相思淚滿襟

祝田神辭

山南山北多稻田稻田熟時黃連〻手執隶眉祝神語上驅鳥雀下驅鼠更願神教十日晴稻車穩載歸東城說起田家重太息足裏鳥皮手如漆輸(輸千)官未了私債催〻廩高〻壓自積北風吹雪寒更淒稚子啼飢應書啼五陵年少爭馳逐射獵歸來馬餘粟

南國有佳人芳年桃李顏寶釵何所飾珊瑚間木難
起行綏若〻吐辭類香蘭欲往湘漢上畏此行露繁
獨處黃金閨秦箏發哀彈但恐白日沒倏〻生暮寒
秦火雖云烈秪焚天下書藏在博士官篇帙尚無虞
云何刀筆吏僅取阨塞圖致令三月火灰燼無復餘
秋至號座隅終夕助嗟吁
米巫事祭酒神壇接虛皇真衣絢朝霞搖珮夾金璫
百神繽並徠八龍儼成行天子有四海祝天乃其常
如何齊民家僭擬亂如麻
犧牛被文繡牽入太廟間儻獲享先王一死吾不難
孤豚戲汙瀆還能得千年詡〻玩世人肥遯將自全
不誅亦云幸尚可聘其賢

鶴子

客從江上來遺我雙白魚纖鱗粲如銀不及四寸餘
緬懷先王世罔罟乃取之對此不能食中心起深悲
我民尚塗炭誰復惜尔為
超然絕垢氛歸之學仙家火養九龍鼎飆迴五羊車
九丹霏規中神光赤如霞忽荒有真象白液生金華
意將謝囂煩寥寥凌太虛玉簡期不來白髮哭丹臺
我有飛霞珮欲以贈美人奈此秋水隔咫尺不得親
宿夢覩顏色執手重云云天地儻不老相見豈無因
嗚觀本羽族所宜居中林如何夫軒載失此國人心
至今熒澤間北風為悲吟大將果何人封豕飽鷙禽
鉄衣十萬士餓死賴山陰
鴻鵠搏九霄恃此六翮飛毳毛有去益安能為高畢

擬古謠

有聚有散海東雲有圓有闕天邊月有起有伏水中
波有積有消山上雪

山烏行

海南海水熱如火海南山色青欲蔭中有山烏學舂
聲烏漆點作雙羽翎翠烟未收月黑〻隨影彫籠飛
不得當時只愛語言好今日方知不如嘿尔何不學
顏家墓上烏有口銜泥哭孝夫

白翎雀行

白翎雀羽雛〻仇攫〻方里秋風曉聲落龍堆沙白
夢入雲鐵勒天高影隨鷄上林少年游俠子聽得新
聲滿雙耳歸來寫入琵琶中緊槽鵾弦夜相語白翎

啾

雀不必喧啾向寥廓爭如附取鳳凰翎三重塔上巢阿閣

雜躰

我夢青童君徊翔紫清中高爽三霞車翼以雙白龍俯首輙再拜問我來何從授以人皇書讀之殺尸蟲覺來寂無見華月已生東

温々荊山玉刻作瑞世麟繫以補袞絲相期佩君身君身享遐福四海歸至仁巍々九天上虎豹為守閽惜哉不得献襲之以文茵

西山有耳牛二虎方爭雄豈無卞莊子一舉盡成烹君子宜鑒茲秉心植忠貞勿為浮雲馳蔽此白日明下可全身軀上可保榮名

鄙哉臨河嘆反為舟人嗤豈無搢紳家好士意不衰
唯知集冠劍孰解別賢愚今昔雖有殊同此千載悲
神芝生泰山枝葉金葳蕤朝有白虎守夕有丹瀣滋
雖佩曲龍符山鬼不敢欺采采擣為藥有光若虹霓
世間多沈痼投之以刀圭
南方有鳴鳳身衣九苞文一鳴甲戈息再鳴民風淳
千年不一覩烏雀動成群丹穴儻可榜持以奉明君
大雄行秘化譯書出成丘何哉髡耏俗浸淫徧中州
卿公徼冥福丹碧絢層樓梵唄九天聲變象七寶毬
政教日以蠹民疾何由瘳世無傳太史吾道長悠悠
朝登宗丘望荒墳倚寒陂石麟不解語藤絲絡寒鬐
當年意氣得舉步風雪隨一旦聲光滅氏名無人知

但多如霜骨負此四尺泥所以賢達士樹德當及時
令名塞宇宙千秋長若斯
白露下庭木愛此夜氣清散髮昇屋下思心澹無營
棲神隣太初悠然万化冥素月似相娛虛室自孤明
不因寒螿啼喈然忘其形
炎劉董經藝老生各專門譬彼貌神史唯恐失真真
雖有緯候雜玄義斯已敦年來攻學家棄實如沙塵
安得服馬輩中夜與深論
湘江碧如染下有楚纍魂文難或迎予相隨采蘭蓀
但愁秋風急日暮波濤翻賴有明月珠佩之比璵璠
朝夕揚光晶照我一寸丹
懿哉吾國相拔葵更燔機在官有祿食豈復競民私

伊誰鎮雄藩不下賣販兒受金似小積剝削到民脂
天門如可通瀝血以徽辭

徽 古陣字又與同布也吉也韓[illegible]就室華而徽詞

英英匣中劍三尺秋水明上有七星文時作龍夜鳴
鑄此雙雌雄云是歐冶生鷄膏久不絶繡澁玄麻成
願借赤鳳翮銜上白玉京為國斬佞臣坐見泰階平
秋高霜露零庭鞠始有花黄花綴為堂累累如列麻
皆隨春風豔紅紫鬬夸奢凜然矜高志千載孰能加
蹉跎歲華晚終身無怨嗟
奎璧行中天流光照東南雙龍出金溪孤鶴鳴湘潭
甌閩與長山鳳舞而鸞騫所入雖異塗聖髓窮去探
峩冠者誰子操觚容如丞區區事文墨對此無乃慙
爭城事殺伐本為黒首民暴骨滿原野無人事耕耘

凄風起白草落日澹黃昏嘯之真蜀人叉莽走蹤々
其毛固可珍裘破毛安存何如修文德可使暴民馴
我將挾天風遨遊遍九垓濯足瀛海水晞髮瑯琊臺
皆拳雲中君吹簫下蓬萊相逢必大噱飲我綠玉盃
為指五仙桃靈花今幾開
馬遷職文史挺然百代雄揺毫奮迅間海嶽為之空
雜之卜祝間僅與倡優同云何能言士文場競爭鋒
豈如七尺軀可齊天地功誰與同歎息目送天外鴻
讒々純袴兒豪奪書錐刀嬪勝眩金翠甲第聳雲霄
歌舞聲未終華房已生蒿爭如林居子孔生唯一瓢
獨立小庭曲涼颸未寒天中心胷如焚感此時序遷
茫々大化中旦暮即百年達人觀万物起滅類雲烟

太玄未成豪皓首還自情
江鳥何鶴々出沒白波中緇塵不能染皦然氷雪容
文鸞眩羽儀一朝入雕籠縶身以避亂此理古今同
六藝久堙閉衰俗事文辭鉥心與劌目織成五彩絲
繁豔比春花嫣然承露滋東風一吹隨飄搖隨塵泥
誰知菽粟味食之可樂飢
濁世饒遊氛隨飇眛人目既無雙羽翮何地騁遐矚
黃庭久在鍊大藥幾時熟矯首望崑丘不見來黃鵠
起行空堦中數書青々作
季子在戰國出入六雄間利吻雖如刀刺刺妾婦言
時危逢秦王揣摩術方尊佩以黃金印行過雒陽原
妻嫂面掩地瑟縮不敢前豈知盜鋒利已欲刺肺肝

車裂計雖得辯舌能再存海上魯連逃久矣一世豪
離〻梧桐枝上有窮蟬啼夕風益道緊聲音愈悽迷
感此重歎息傷我盛年衰潘生衰二毛墨子悲素絲
便當乘剛風伏謁向丹墀負器以自鬻[illegible]被古今唯
大道已將裂伯陽騁荒辭〻〻五千言清淨學無為
漆園有傲吏拔袂起從之玄談雜天人變化不可羈
末流喪繩檢舉世尚清虛家國遂陵遲此咎將尤誰
風水有至音潛然契道真聖人出象之品節立其均
制器以八聲輕重各有倫九奏郊廟間至和感神人
樂師久失職埃風遂絪緼龜茲傳新調蜀縣乃相因
遙〻牛尾歌懷哉葛天民
吾道入徽南所萃在闔壖垂緜分寥微巇危嶙高寒

小大既褰舉沂流須尋原末學昧真初支離攻語言
春葩有折枝顯穎無足觀欲知生色豐請往洛陽園
爛々沙中金累々海底珠之固甚難可充食與衣
貪夫不知止竟以殉身軀死亡相枕藉生存猶未衰
若欲國政齊賊作此汙泥
先王立大法天地藉範圍丕建万民極昭然秋月輝
首功既成俗古制寢以隳哀吾浚深源衛鞅導狂支
使人千載下俯仰有深悲
唐綱既解紐山川皆沸騰流血動成河氣激日月昏
汾陽與臨淮毅然扶乾坤中興功獨高凌烟時崢嶸
九原如可作剪紙為招魂
虎兕雖云暴曾不噬其兒蒼隼亦云猛攫烏哺其雛

樂羊攻中山羹子輒盡之雖非覩帥言寧免起君疑
中原有文獻一脉傳吾邦成公起繼之大音歸淳庬
相望建與潭鼎立各一方誰歟操彤筆區別殊未良
既　古稿字
盲夫誣日月未必瞻寸光人既猶可逃其能逭天殃
志士守一貞屹然松柏姿氷霜雖凝沍不改歲寒枝
西山有餓夫弗食唯苦飢去〻不復采周家豈無芝
為儒計非左處世亦良艱捕雞緣水中求魚青雲端
終朝固無獲浩歌有餘歡肯隨說遇流嚇鼠疑飛鴟〻
十年叅中素徽若白玉團但與賢聖期遑恤世俗嗤
猗蘭生空谷朱蕤冒紫莖四顧雖寥闃含芳守孤貞
奈何韓公子著書以徵刑說林總脫口長劍已近纓
豈孤嗥殘秋感我思古情

靈扃易動搖設禮以為防度類極牛毛折旋儀鸞蹌韈與襪同又服虔曰韈古之善塗塈者施廣領大袖以仰塗而領袖不汙

自從絲蘿興無欄至淪亡子女或韈擾雅鄭相披猖

誰有劍如龍先誅叔孫通

倚劍觀霄漢天狼動焞焞秦晉不解甲齊魯戰方新

操戈方命徒皆吾同胞民肉食謀何失暴賦如環循

秖因不堪命遂作蟻蜂屯誰無父母親忍自棄其身

詩道緣情性觸物遂成聲輶軒儻有采上裨王化行

黄鍾既絕響瓦釜亦爭鳴簡牘汗九牛罕用慚空青

若非羿炎火感憤何年年

天馬來西極奮迅具猶龍綠鬣捎迅飆月額貼半弓

若獻穆天子弄影瑤池中九方不我遇人謂凡驥同

棄捐皁櫪內芻茭或不充天命苟有定俯首甘長終

桓〻漢將軍開邊一何易出日耀瑚戈西風搖赤幟
縱封狼居胥可褫單于氣但枯三軍骨去易不毛地
至今隴頭泉嗚咽向東注
黃虞日以遠經制日以變何哉虎狼秦更復廢封建
遺毒二千年代裂唯郡縣天下為公特聲教被荒甸
終然本根深雨風得搖撼緬懷起深情淚下集如霰
如何柳儀曹立言令人眩

右此卷詩凡百餘首皆乙未丙申歲所作也情寓〻于詞頗多繆盭纖弱謾欽新豪後以俟他日删去
灋志

盭 與戾同又綠色綬也徐鍇曰盭者繫罪人見血也取弼戾之意

羅山集卷第二